KB076103

1972년 어느날 시상에 잠겨

1935년 봄 부안 청구원 서재에서. 두번째 시집 『슬픈 목가』의 서문을 쓴 김아(金鵶)가 찍고 인화한 사진.

1934년 가을 황해도 백천 가는 길에. 왼쪽은 김기림 시인

1935년 황해도 백천 온천에서. 오른쪽 부터 김아, 장만영, 석정 시인, 맨 왼쪽은 미상

1953년 장녀 일림의 결혼식을 마친 석정 일가. 뒷줄 안경쓴 이가 사위 최승범 시인

1967년 11월 4일 전주 비사벌초사에 들른 김용호(왼쪽) 김남조 두 시인과

1968년 4월 21일 도봉산에서. 오른쪽부터 곽종원, 장만영, 김남중, 석정 시인

1973년 7월 전주 장윤우 공예시전에서. 왼쪽부터 석정, 박목월, 장윤우 시인

1970년대 부인 박소정 여사와의 한때

1972년 5월 정원에 만개한 모란 앞에서

석정 초기시의 고향이 된 '청구원' 고택

1972년 3월 어렵게 구한 추사의 글씨를 감상하며

시인이 꼼꼼히 정리한
육필 유고시집 원고

내 노래하고 싶은 것은

내 노래하고 싶은 것은

신석정 유고시집

창비

일러두기

1. 최종원고와 작품 수록순서는 저자가 정리한 유고에 따랐다.
2. 원고의 한자어는 꼭 필요한 경우에만 원고대로 노출하였다.
3. 명백한 오자만 바로잡고 띄어쓰기는 현행 표기법에 따랐다.
4. 작품 끝에 발표 지면과 일자를 덧붙였다.

차례

내
노래하고
싶은
것은

立 春

되도록이면 얼굴을 펴고 걸어가십시오.
그리고 한눈을 팔아서는 안됩니다.

되도록이면 웃는 얼굴로 걸어가십시오.
구름에 묻혔어도 태양은 보고 걸어야 합니다.

― 어둠을 따라갈 수야 있겠습니까?

되도록이면 웃으면서 걸어가십시오.
시시한 것들은 아예 눈여겨볼 것도 없습니다.

되도록이면 서로 손을 잡고 걸으십시오.
허전하게 걷는 것은 슬픈 일입니다.

― 동반자가 없어서야 하겠습니까?

되도록이면 숨이 차도 참고 걸으십시오.

머언 봄이 벌써 눈을 부시시 뜨고 있습니다.

—전북문학 1971. 1.

自責低吟

창 밖에서는
보리수 꽃향기가 진하게스리
퍼져 오는 것이었습니다.

그것은
내가 "大乘起信論"을 끝내던 오월
그 어느날이었습니다.

인중이 유달리 기인
石顚* 스님은 "起信論"을 사이에 놓고
— 신군! 인젠 신심이 나는가?

책장에 걸어놓은 염주를 볼 때마다
신심이 없는 나를 꾸짖으며
石顚 스님의 그 기인 인중을 생각합니다.

오늘도

대숲을 스쳐가는 바람소리에
문득 스님의 음성을 귀담아봅니다.

— 法輪 1971. 4.

* 박한영(朴漢永, 1870~1948)의 호. 석정이 중앙불교전문강원 재
  학시의 스승.

松籟와 더불어
속 창간 열아홉 돌에 부치는

검은 구름
하늘을 뒤덮던 날에도
참고 살아왔다.

가랑비
묻어오는 마파람이사
차라리 견디었느니라.

삭풍에 몰려오는
진눈깨비도
나의 孤高는 꺾을 수 없었느니……

때로는
은가루 부서지듯
다냥한 햇볕을 데불고 오는
하늬바람도 있다.

하늬바람
따라 오는
머언 파도소리도 있다.

정정하게
뻗어나간 굳은 가지야
굽힐 줄 모르는 나의 의지!

가지마다
진초록 잎샐 달아 치례하고
잎새엔 별빛도 사운대게 하라.

  열아홉
  어린 나이에
  네가 겪은 風霜이사
  내 어이 모르겠니?

설움고
눈물겨운 지낸 날이사
젊은 나이테의 자랑으로 삼어라.

그 뜨거운 가슴일랑
차가운 솔잎으로 문지르고
잔조로운 먼 松籟와 더불어 달래며 살라.

―전남일보 1971. 2. 10.

殘 雪

남풍에 묻어오는
엊그제 입김에도
동백꽃 내음이
들려오고 있었다.

군자란도 뾰조롬히
꽃대를 올려놓고

호랑가시 빨간 열맬
쪼아 먹던 산새,

문득 열어보는
창문 소리에 놀래 날고
殘雪 부신 설악을
쪽빛 하늘이 넘어가고 있었다.

— 현대문학 1972. 4.

우수만 지나면

마파람이 불더니만
화약냄새 묻어오는
마파람이 불더니만,

오늘은
안개 같은 보슬비가
온종일 내린다.

비 맞혀 들여온 "군자란"
꽃대가 밤새 치나 솟아 오르고
素心도 자르르 윤이 흐른다

그래!
지구 한 구석엔
전쟁이 홍역보다 진하게 피어도

우수만 지나면

이렇게 날이 풀리는 것을
난 미처 몰랐지……

보슬비 내리는 속으로
뉘네 집 새장에선가
백문조가 울고 있다.

—주간조선 1971. 4. 4.

지금 내 등 뒤에서는

多佳山 병상에서

장갑을 뽑아버리듯
이 칙칙한
겨울을 벗어버리고
차츰 솟아오르는
갈매빛 산을
산의 얼굴을 보자

지금
내 등 뒤에서는
수월찮이 다가온
햇볕이 구룡충 새끼들처럼
수물거린다.

엊그제
가랑빗발에 밟힌
어린 수선과 튤립이
돌난 어린 놈처럼
서투른 발음을 하고,

호랑가시 낭기에서는
빨간 열맬 쪼아 먹는
밤색 털빛 멧새가
드나든다.

어서 혈압이 떨어져서
기린봉을 단숨에 치올라
殘雪 덮인 母岳을
바라보고픈데

지금
내 등 뒤에서는
경칩을 몰고 오는
햇볕이 수물거리고 있다

―문화비평 1971. 여름

「218호」소식 (1)

病牀吟

218호실
은옥색 밝은 벽을

碧河의
「草龍弄珠」*와
深香이
단장했다.

혈압이,
아니 ─ 이놈의 혈압이
내려가야 술이라도 마시지……

찾아온
친구들의 끓는 정이사
가슴이 짜릿하다.

주고받는 얘기로

웃다 보니
까마득 날 잊었다.

이대로
있어줄 양이면
시시한 세상인들
못 잊겠느냐

째앵
부딪치는 햇볕
유리창도 금이 갈 듯

누워
보는 하늘이
저리도 푸를진대

산에나

오르고 보면

덥석 봄이 달려들겠지……

— 전북일보 1971. 3. 7.

* 화가 송계일(宋桂一)의 작품 제목. 여의주를 문 용의 모습을 그림.

「218호」 소식 (2)

病牀吟

집은
五里도 채 못 넘는
지척인데도

구름 밖에
두고 온 듯
생각하는 병실

산 너머
가는 구름에도
鄕愁를 부처본다.

잠을
달래보려
"500"도 더 세었다.

「고린도전서」를

퍼 보다
겨우 든 잠

바람에
놀랜 새처럼
이내 깨고 말았다.

— 전북문학 1971. 3.

「218호」 소식 (3)

病牀吟

깨고 보니
새벽 3시.
유리창에
별이 떤다.

半나마
핀 철쭉
꽃도곤
보낸 마음 고와.

국화꽃을
그토록 보고파하다가
그예 떠난
소설가 생각이 난다.

— 시문학 1971. 4.

거북선

거북선에
쫓겨가던
왜적의 후예들은

반세길
우리도곤
앞섰다고 야단인데

오늘도
거북선 생각하다간
폈다 쥐는 빈 주먹

—한국시조집 1971.

봄의 일부

풀어 헤친
분수의 銀髮 속을
햇볕은 속속들이 들어가고 있었다.

어린 비둘기의
빨간 발가락을 따라
햇볕은 종종종 걸어가고 있었다.

머언 산말랭이
殘雪 덮인 옆에서
햇볕은 상아빛으로 빛나고 있었다.

멧새 우는 산길을
나랑 가던 햇볕은
오랑캐꽃 옆에서 한눈을 팔고 있었다.

끝내 明暗을 남긴 채

햇볕은 외로워서

학을 타고 하늘 멀리 날아가고 있었다.

— 한국일보 1971. 3. 30.

이팝나물 옮기던 나는

산수유꽃이
木瓜빛으로
가랑비 속에 졸고 있던 날에도

　어찌 된 까닭인지
　나는 실컷 울고만 싶었다.

골을 흐르는 물소리
잔잔한 목소리로
자꾸만 누굴 부르던 날에도

　걷잡을 수 없어서
　나는 눈물이 피잉 돌았다.

시나대숲 옆에서
어린 봄을 데불고 가던
동백꽃이 빗속에 웃어대던 날에도

참을 길이 없어서
나는 끝내 목놓아 울었다.

가랑비 속에
이팝나물 옮기던 나는
문득 아득한 옛날에 보슬보슬 젖어 있었다

—世代 1971. 5.

봄을 닮은 얼굴

아직 지구에는
전쟁의 濁流가 흘러가고 있어도
모란은 쑥쑥 순을 올리고
백목련도 훌훌 꽃멍덕을 벗고 있기에
그래도 지구는 미울 수가 없다.

설령, 저 검은 전쟁이
하수구로 영영 자췰 감추지 않드래도
옳고 그른 것, 바르고 삐뚜러진 것을 배우는
우리들의 어진 아들과 딸들의
얼굴이야 어찌 이그러질 수 있겠는가

겨울이 강 건너 머언 길을 떠난 뒤
머지 않아 개구리들이 수달 떨고
산수유꽃 흔들리는 아지랑이 밖에
殘雪을 안은 채 산이 조는 날에도
너희들은 차츰 봄을 닮아 가야지 ─

그래!

부디 봄을 닮은 얼굴로

모란이 순을 올리고, 백목련이 겨울을

벗어던지듯

피가 드는 싱싱한 얼굴로

꼬옥 그렇게들 살아가야지……

— 원광문화 1971. 4.

저 햇볕의 계단에서

자욱한 안개 넘어 銀髮의 분수를
분주히 쓰다듬던 태양은
총총히 숲길을 빠져나가더니
어린 양떼를 데불고
목장으로 떠나버렸습니다.

바람은 산자락을 돌아
조심스럽게 햇볕을 밟고 오더니
아지랑이 언덕 아래 졸고 있는
오랑캐꽃을 흔들어 깨운 뒤,
꽃술에 매달려 사운대고 있었습니다.

그때 나는 철철철 넘쳐오는
부신 햇볕의 계단 옆에서
백목련 꽃망울 터지는 소리에
무심코 귀를 기울이고 있는
말없는 당신을 보았습니다.

어디선가 구구구
어린 비둘기들이 모여서
그들의 아침을 이야기할 때,
인젠 어둡던 지난밤을 위하여
輓歌를 보내도 좋을 것입니다.

여보!
오늘은 저 햇볕의 계단에서
우리들의 빛나야 할 꿈과 생시를
조용 조용히 다스리면서
아득한 출발을 약속해도 좋습니다.

— 유네스코 1971. 4.

등 불
전북매일 창간 2주년 기념시

비바람 부는 속을
총총히 걸어왔느니라.

눈보라 치는 속을
견디고 걸어왔느니라.

그러나
비바람 속에서도
눈보라 속에서도

항상
우리들의 꿈과 생시는
빛나는 설계를 도모하여왔거늘

차라리
孤高한 우리들의 의지는
저 명멸하는 계단에서도

꺼질 줄 모르는 등불이었노라.

라일락꽃이
무더기로 피던 날에도
모란꽃잎으로 뜨거운 가슴을
문지르던 날에도

다 타지 못한 사연이사
가쁜 숨결을 안고 서서
하늬바람에 묻어오는
봄을 기다리며 살아왔노라.

아예
초라한 지난 날일랑
돌아볼 겨를도 갖지 말라!

인젠

벅차는 전진의 궁리를 위하여
다만 가슴을 태울 뿐이로다.

— 전북매일 1971. 5. 1.

園丁의 說話

제1화 모란

시방
우리 집 뜰에선
모란이 요란스럽게 웃고 있습니다.

기인 긴 봄날 보릿고갤 넘다 지쳐 샛거릴 얻으러 가는
아버질 따라 간 지주네집 뜨락에서도 요란스럽게 웃고
있던 모란이 어찌나 미웠던지 사뭇 도끼로 찍어내고 싶
었다는 '山'이란 놈의 슬픈 이야기가, 아득한 옛날에 들
은 그 슬픈 이야기가 아직도 내 가슴에 안개처럼 머물러
있습니다.

보리 모가지가
무두룩히 올라오는 요맘때면
종달새도 모란처럼 요란스럽게 웁니다.

시방도 하늘 저편에서는 종달새가 자지러지게 울고 있습니다.

제2화 시나대

일로 이사 오던 해, 그러니까 벌써 십년도 더 되나 봅니다. 바로 창 옆에, 그리고 담 지시락에 심은 시나대가 인젠 제법 무성하게 작은 대숲을 이루고 있습니다.

비 오는 날에는 댓잎에 떨어지는 쇼빵의 전주곡 십오 번 같은 빗소리, 든 날에는 햇볕이 분수처럼 쏟아져 반짝반짝 빛나는 고 백금빛 이파리, 바람이 지날 때에는 잎새들이 서로 부딪쳐 사운대는 대바람 소리, 겨울이면 눈이 소복소복 쌓이는 속에서 살아왔습니다.

이렇게 시나대랑 이웃하고 살다가 불현듯 떠나야 할 것을 문득 생각하고 시나대를 어린 손주처럼 쓰다듬어봅니다.

차라리 한 그루 시나대로 태어나지 못한 것을 뉘우치는 까닭인지도 모릅니다.

제3화 낙과

호랑가시 빨간 열매가 일년 내내 달려 있다가 요즘에사 날마다 분주히 떨어지고 있습니다. 산호보다 예쁘디 예쁜 열맵니다.

후덕지근한 봄날이면 호랑이가 어슬렁 나와 등이 몹시 근지러워서 호랑가시 육모 난 잎새에 등을 슬슬 문지른답니다. 그래서 '호랑이 등긁이 나무'라고 부르기도 합니다.

작년에는 겨우내 산새 한 마리가 날마다 찾아와서 호

랑가시 열맬 따먹고 자고 가는 날도 많았습니다.

저 숱하게 떨어진 호랑가시 열매가 싹이 트고 자라서 열매가 열릴 무렵이면 몰라보게 세상도 뒤바뀔 것입니다.

아마 그때쯤엔 우리 어린 손주들이 장성해서 남북으로 갈라졌던 조국의 아득한 옛이야길 나누며 오순도순 살아 가겠지요.

제4화 더덕

이끼 앉은 길 솟는 바위를 세우고, 그 옆에 가는잎맥문 동〔細葉麥門冬〕과 더덕을 곁들여 심어놓았더니, 꼭 산골 같다고들 합니다.

지리산에서 오래오래 살다 온 셋째딸 선아의 친구 엄 마가 여러 해 전에 가져 온 더덕이 인동 넝쿨이랑 얽혀서

바윌 칭칭 감고 올라갔습니다.

바위 옆에 얼씬거리다가 더덕 넝쿨에 스칠라치면 물씬 더덕 내음새가 들어오고, 갑자기 더덕이 먹고 싶어집니다.

저편 중학교 마당에서는 더덕 내음새도 잊어버린 입후보들이 모레가 선거날이라서 목청이 터져라 떠들어대고 있는 것이 측은한 생각이 들기도 합니다.

제5화 태산목 꽃

안에서는 오늘도 절에 가고, 아무도 없는 집이 절간처럼 적적합니다.

가지마다 맺은 꽃이 어제 오늘 꽃멍덕을 훌훌 벗고 나더니, 연두빛으로 부풀어 오른 봉오리가 내일 모렌 터질

것만 같습니다.

　백련처럼 탐스러운 꽃이 오월부터 팔월 한하고 날이날마다 이어 피는데, 그 향기가 어찌나 아기자기하게 들어오는지 날만 새면 태산목에 매달려 삽니다.

　저렇게 향길 지닌 사람이 드물어서 세상은 엉망진창으로 시끄러운가 봅니다.

—창작과비평 1971. 여름

유 월

데모가 무성하던
사월은 가고,
그 잔인한 사월은 가고……
오월도 가고……

보리 모개 무두룩이
올라온 유월 하늘을
종달새 울고,
자지러지게 종달새 울고……

그제도 울던 종달새
어제도 울던 종달새
머언 옛날 내 소년의 외롭던 강변에
미치게 울던 종달새
오늘도 울고……

초록빛 麥浪에

흔들리는 유월은
파랗게 질린 하늘이
햇빛에도 금이 갈 듯
차라리 시리도록 부신데.

태산목 짙은 꽃향기
들어오는 마루에 걸어 앉아
빨간 앵두알을 굴리며
유월을 조용히 들이마신다.

— 서울신문 1971. 6. 7.

유월 찬가

전북대학 개교 19주년에 부치는

푸른 麥浪 굽이치는 속에
종달새 자지러지게 울던
유월이었느니라.

그래
터 다지고 주춧돌 놓은 지
벌써 열아홉 돌이 되었구나
비바람 부는 세월에도
흐리고 어둡던
갈림길에서도
노한 눈망울로 다짐하던
빛나는 지혜는 꺾을 수 없었거늘

짙푸른 유월 부신 햇살 속에
날로 자라는 나무와 더불어
너희들의 빛나는 꿈과 생시는
굽힐 줄 모르는
한 그루 나무라 일러두자

전진을 궁리하는
그 뜨거운 가슴일랑
무더기로 피는
석류꽃으로 단장하고
명멸하는 홋한 계단에 설지라도
흔들릴 줄 모르는 등불로 밝힌 다음

이윽고
연꽃 향기 들려오는 언저리에서
항상 높은 의지와 밝은 지혜로 하여
하늘과 더불어 견주어 나아가게 하라

흔들리는 麥浪의 파도를 넘어
조촐히 세운 뜻은 종달새로 하여금
드높은 가락으로 노래 부르게 하고
자랑스런 앞날을 무성히 가꾸라

—전북대학신문 1971. 6. 18.

비둘기 울면

밤의 葬送曲

가슴을 짓누르던
어깨를 짓누르던
선량한 마음을 짓누르던
그 몹쓸 어둔 밤이
좀체 샐 것 같지 않더니

구 구 구
비둘기 새벽을 운다.

그 아리잠직한
얼굴을 가리고
그 초롱초롱한
눈망울을 가리고
그 타오르는 뜨거운
가슴을 가리고
그 몹쓸 밤은
철 철 철

사뭇 흘러가더니,

대숲에 잠든 바람
부시시 눈을 뜨고
구 구 구
비둘기 울면,
밤을 葬送하는
비둘기 울면

종소리에 묻어오는
새벽을 기다리며
애타게 애타게 기다리며
살아왔느니라.

원앙금침에
黃燭불 흔들리는
아지랑이처럼 연연히 흔들리는

즐거운 너희들의 아기자기한 밤이사
한 천년 이대로 새길 원하랴마는,

눈물겨웁도록
눈물겨웁도록
선량한 우리들의 어린것들과
어린것들의 안쓰러운 눈망울과
눈망울이 말하는 죄없는 마음을 위하여
차마 이 밤을 물려줄 순 없거늘

구 구 구
비둘기 새벽을 울면
칙칙하게 찌들은 야회복일랑
이 무서운 밤과 더불어
매미껍질처럼
훌훌 벗어버려야지……

밤을 葬送하는

비둘기 울면……

── 문화비평 1971. 여름

바람을 따라

그때 나는
바람을 따라가고 있었다.
바람을 따라가면
바다같이 푸른 하늘에
구름이 떼지어 흘러가고
구름 밖엔 별들이
나를 기다리고 있었다.

별들을 만나
밤이 이슥하도록
이야길 하는 것은
즐거운 일이었다.

지상에서 숱하게 일어났던 일을,
그리고 일어나고 있는 일을
별들은 역력히 알고 있었다.

별들과 이야길 주고받던 나는
갑자기 얼굴이 화끈
달아오르는 것을 느꼈다.
너무도 부끄러운 까닭이었다.

다시 바람은 나를 데불고
구름을 헤쳐 무지갤 건너서
새벽 안개 자욱한
강언덕을 찾아가고 있었다.

바람을 따라
강언덕을 걷노라면
민들레꽃들이 모여서
흐드러지게 웃는 소리가 들려왔다.

민들레꽃들도
자랑할 수 없는 지상의 모든 일을

너무도 소상히 알고 있는데
나는 놀랬다.

바람을 따라
언덕길을 한참 걷다가
숲길로 빠져나가면
사슴떼가 한가히 놀고 있었다.

이윽고
바람이 대숲으로 돌아간 뒤
홀로 언덕길을 헤매던 나는
끝내 흐느껴 울다가
소스라쳐 깨었다
어디서 밀화부리*가 자지러지게 울고 있었다.

— 문화비평 1971. 여름

* 청조(靑鳥), 고지새를 일컬음. 암수가 부리를 맞대고 밀화(密
話)를 속삭인다 하여 붙은 이름.

저 하늘을 우러러 보는 뜻은

우리 모두들
고이 지녀온
마음을 잃은 지 오래로다.

한때
대바람 소리에 귀 기울이고
밀화부리 노래와 이웃하던
그 조촐한 마음 잃은 지 오래로다.

찔레꽃 짙은 향기에 젖어
오월 하늘을 비상하던
아아 거울같이 맑은
그 마음 잃은 지 오래로다.

아무리
검은 손이 우리 눈을 가리고
우리 마음을 가릴지언정

차마 어둠을 이웃할 수는 없거늘

오늘은
저문 강가에서 서성거리고 있을
그 안쓰러운 우리 마음을 찾아
어서 출발을 서두를 때로다.

하여
저 하늘을 우러러 보는 뜻은
잃어버린 마음을 그리워하는 까닭이로다.

— 주간종교 1971. 6.

산은 숨어버리고

장마 속에
빗발 따라
산은 오고 가더니

오늘은
뿌우연 빗속에
산은 영영 숨어버리고……

후두두둑
파초에 비 듣는 소리
걷잡을 길 없어 설레는 마음인데,

산내음 묻어오는
밀화부리 울음 속을
태산목꽃 소리없이 벙근다.

우두두두

가끔 遠雷만 들려오고
세상은 아무 일도 없는 듯
조용하다.

— 조선일보 1971. 7. 20.

風 蘭

항상
흐리지 않은 마음으로
어린 손주 다루듯
저 風蘭을
보살펴줄 일이요.
때때로 나뭇잎 사이로
스며드는 엷은 햇볕도
보여줄 일이다.
일찍이
즐겨 마시던 바닷바람이
저 만첩청산을
어찌 넘어오랴마는
비 개인 날
하늬바람에 묻어오는
바다 내음이라도
맡게 할 일이요,
가끔 정한 하늘도

보여줄 일이다.

가로막는

어둠에 시달려

마음을 가늠하기에 지쳐도

시보다 소중한

생명을 생각하고

어린 風蘭과 더불어

숨을 돌릴 일이요,

밤에는 별들의 이야기도

같이 들을 일이다.

―중앙일보 1971. 7. 29.

觀音素心이랑

연잎
이울고
바람도 사끌하다.

무서리
머금은
구만리 장천.

시월 상달
벙그는 석류 알을
파랗게 질린 하늘이 굽어보고.

댓잎에 드는
여윈 햇살
차라리 으시시 칩다.

햇살 따라

자릴 옮기는
찢긴 파초 어지러운 그리매.

문득 바라보는
觀音素心도
수묵빛으로 담담하여라.

문밖에 다가오는
기인 긴 겨울이 봄으로 滿朔될 때까지
觀音素心이랑 조용히 살아야지……

— 월간중앙 1971. 10.

立 秋*

억질 쓰고 서 있는
여름의 따가운 등 뒤에서
발을 동동거리는 가을은
사뭇 얼굴이 사끌하다.

— 여름이여! 저 얼굴이 안쓰럽지 않니?

잔인하도록 뜨거운 애무에
인젠 치가 떨리는 睡蓮도
찢긴 손을 자꾸만 흔들어
가을을 부르기에 목이 쉬었다.

— 여름이여! 저 손이 안쓰럽지 않니?

오늘은 석죽꽃 빨간 입술에도
엷게 묻어오는 가을 입김인데
구만리 장천엔

제비만 드높이 나는고나!

— 여름이여! 네 뒤에 서 있는 가을을 봐라

—한국일보 1971. 8. 19.

* 발표 당시 제목은 「가을의 입김」.

新 秋

뜰을 거닐던 나는
문득 한라산이
한라산 원시림이 떠올랐다
그 질리도록 파랗게
골짜길 메우던
紫陽花 꽃그늘에서
玉을 굴리는 휘파람새 울고
눈이 모자라도록 아득한
뻐꾹채 꽃밭을 생각하던 나는
역시 남루한 인생을 데불고
뜰을 거닐고 있었다.

아득한
파도소리 같은
솔바람 소리 같은
밀화부리 노래에 뒤섞여 오는
그런 조용한 음악이

여울져 깔려오는 속에
落羽松 옆에서는
옥잠화가 고동을 올리고 있었다.

어디메선가
우두둑
여름을 몰고 가는
들릴락말락 여윈 遠雷에 이어
금시 빗낱이 뚝뚝 듣고 있었다.

―주간중앙 1971. 8.

蘭三題

1. 春蘭

그대
꽃을 가꿀 양이면
부디 蘭을 기르게나

티없이 맑게 개인
그대 마음일랑
저 蘭에서 찾게나

그대
이야길 하고프면
저 蘭과 나누게나

바람과 주고받듯
日月과 주고받듯
星辰과 주고받듯

— 신동아 1971. 11.

2. 聞香

저게 建蘭이라네
고향이 福建省이라니
멀리도 왔지 뭔가

굽힌 데 없이 뻗은
저 밋밋한 잎을 보게
얼마나 건강하게 고고한가

저 꽃빛깔을 보게나
다만 맑고 담담하여
아예 俗韻이 없잖나

손에 잡힐 듯 달려드는
그윽한 향낼 맡아보게

어찌 십리만 가겠는가

— 신동아 1971. 11.

3. 忘我

蘭과 살다 보면
깜박 날 잊어버리네

향냄 맡다가도
깜박 날 잊어버리네

어둡고 비뚤어진 세상이
蘭에사 번지겠나

저렇게 개운한 蘭과
제발 벗 삼아 살게나

— 풀과별 1972. 8.

마음에 지니고

청산에
자고 이는 구름도
마음에 지니고

구름에
실려가는 학두루미도
마음에 지니고

학두루미
하늘에 부는 피리젓대
마음에 지니고

피리젓대
안고 쉬는 대숲에 바람도
마음에 지니고

바람에

몰려오는 눈발도
마음에 지니고

눈발에
묻어오는 봄으로 입덧나는
겨울도 마음에 지니고

― 여성중앙 1971. 11.

蘭

바람에
사운대는 저 잎샐 보게

잎새에
실려오는 저 햇빛을 보게

햇빛에
묻어오는 저 향낼 맡게나

이승의
일이사 까마득 잊을 순 없지만

蘭이랑
살다보면 잊힐 날도 있겠지……

—풀과별 1972. 8.

神 話

한때
그칠 줄 모르는
어둠이 밀려오더니

밀려드는 어둠은
언덕에 찰싹이는
강물보다 높기도 하더니

그때
참다 지치고
지치다 다시 보면

그저 도도히
아득한 강물처럼
흘러오더니

늦추어

劫으로 따지면
기인 긴 어둠도

헤아릴 것도 없이
찰나의 물거품으로
떠나버리거늘

그토록
목이 타던 갈증도
가슴 조이던 사연도

새는 날 아침엔
하잘것없는
한낱 神話로 남으리……

— 자유 1971. 12.

솔바람 속에서
개교 20주년 기념에 부쳐

스무해 아득한 세월이
속절없이 흘러갔다
그해 가을 우리는
여기 터 다지고
주춧돌을 놓았더니라

스무해 風霜 속에
거센 물결이 흘러가는 동안
우리 모두 잘도 견디었고나!
우리 모두 잘도 참았고나!

언제나
참되고 바른 길을 찾기에
빛나는 눈망울을
저 햇빛과 견주었거늘

굽힐 줄 모르는

우리 의지와 자랑은
사철 푸른 저 소나무,
소나무라 불러도 좋다

불타는 가슴일랑
무더기 무더기 피어오르는
해바라기꽃으로 문지르고
다시 등불로 밝힌 다음

쏴아 쏴
들려오는 저 솔바람 속에서
빛나는 우리 꿈을 가꾸어
밝고 오롯한 의지로 하여
어서 전진을 약속하리라

— 전주동중학보 1971. 9. 1.

산길에서

자작나무 뽀오얀
허리춤 너머로
정상은 아직도 남보다 멀다

서로 주고받는
웃음소리 골짜기가 울리고
어디서 쏴알 쏼
골 물소리 이가 시린 산을

개목련 열매
빨가장이 매달린 길을
다람쥐도 분주히 무질러 가고
앞서 가던 친구
머루 다래로
입술도 검붉게 익었다.

호반새 소리

동박새 소리
방울벌레도 으슥히 우는 길에
골 너머 솟아오르는
갈매발 봉우리 봉우리
우뚝 다가올

아직도
정상은 남보다 멀지만
발 아래 구름이 흩어지는
하늘을 가까이서
어루만질 수 있어 기뻤다.

— 월간 山 1971. 12.

秋日抒情

파초 잎에
굵은 빗소리

굵은 빗소리
후두둑 지나가더니

비둘기 발목이
한결 빨갛다.

국화꽃 다녀가는
꽃등에* 나랫소리

잉잉 연이어 오는
꽃등에 나랫소리

청개구리 울던
오월에도 못 갔노니

단풍철 가기 전에
무등산도 오를 겸

어린 손줄 보러
광주나 갈거나

―전북문학 1972. 10.

* 등엣과에 딸린 벌레. 모양은 꿀벌과 같으나 쏘는 침이 없
다. ―저자.

산에나 가볼거나

몸살이 나도록
짙푸른 쪽빛 하늘 밖에
어제도 서 있던 산이
오늘도 을씨년스레 서 있다.

말이 없다.
조용하다.

산과 나 사일
철그른 나비가 지나가더니
잉잉 꿀벌이 지나가더니

하늘보다 푸른
용담꽃 꺾어 쥔
어린놈들이 달려온다.

그래

철수하는 군화 소리도 안 들리고
입대하는 교가 소리도 안 들리는
산에나 가볼거나

용담꽃이랑 꺾어 들고
저 어린놈들이랑
나도
저 산에나 가볼거나

―독서신문 1972. 1. 30.

저녁 노을

은행잎에 묻은
저녁 노을이
은행잎을 따라
투명한 하늬바람에
휘날리고 있었다.

투명한
하늬바람에
가슴을 열어젖힌
석류알에도
저녁 노을은 활활 타고 있었다.

문득 바라보는
국화 꽃술에도
저녁 노을은 젖어들더니
잉잉대는 꽃등에의
나래에 묻어 파닥거리고 있었다.

철수하는

구둣소리와

입대하는 교가 소릴 전하는

석간신문에도

저녁 노을은 물씬 젖어 있었다.

— 한국일보 1971. 11. 17.

임 종

누렇게 타는
보리밭에
'고호'가 날려놓은
까마귀떼는
지금도 어디선가
울고 있을 것이다.

여름도 가고
가을도 가고

蕭蕭한
落木에
바람이 매달려 우는데
보리밭에 날던
까마귀떼는
지금도 어디선가
울고 있을 것이다.

누추한
어제와 오늘을
불길한
우리 일상을
그 임종을
까마귀떼는
지금도 어디선가
울고 있을 것이다.

까르르
까르르
네 가슴속에서도
울고 있는 것이다.

— 월간문학 1972. 1.

弔 鐘

　少年은 풀밭에 누웠다.
하늘은 한 알의 보리알,
지금 내 앞엔 아무것도 보이는 것이 없다.
　　　　　　　　　── 黃錦燦

설령

어둡고 흐린 마음이사

한 쪼각 하늘로

덮을 수도 있고

한 자락 산으로

가릴 수도 있고

한 줄기 강물에

띄울 수도 있지만,

목이 타도록 가난한

겨레를 외면하고

갈라진 조국의

하늘을 외면하고

한 송이 꽃 같은 헛된 꿈으로 달래려는

너희 그 썩어 문드러진
순수한 노래의 탈의 임종을 위하여
나는 弔鐘을 울려주리라.

차라리
열매 없는 꽃을 찾아
꿀을 빨아먹는
벌레라면 몰라도
하늘이 한 알의 보리알로 보이는
저 가엾은 우리들의 소년을 위하여
너희 순수한 노래의 탈의 마지막을
弔鐘을 울려 장송하리라

—창조 1972. 2.

한 톨의 해바라기 씨알도

설령
검은 구름이 있어
항상 비상을 꾀하는
우리 마음을 低徊하더라도
오는 날로 달래고
잠시 구름에 차단된
햇빛 같은 것으로 생각하라.

— 하여
언젠가는 몸살나도록 푸른 하늘을
흘러갈 흰 구름을 믿을 일이요
구름 밖에 흘러갈
학두루미의 피리젓대 소리로
우리 마음을 가꿀 일이다.

저 한 톨의 까아만
해바라기의 씨알도

햇빛과 바람을 간직하듯이
간직하여 봄에는 숨을 타듯이,

蕭條한
落木에
눈발이 걸리는 날에도
뜨거운 사랑이사
잉태되고 자라고
끝내는 꽃피는 것이어늘

빛을 간직한
우리 마음의 계단에 서서
웃음 머금은 뭇 얼굴을 만나
어지러운 어제와 오늘은
까마득 잊어버리고

어둔 것은 모두 어둔 것에 돌린 다음

햇빛이 출렁이는

저 푸른 하늘을 어루만질 일이요

흰 구름 왕래하는

강 건너 산자락을 쓰다듬을 일이다.

—전북매일 1972. 1. 1.

조카 편질 읽다가

문득 앨범을 뒤적이다가
앨범 속에 있는
고향엘 찾아가서
옛친구들을 만나본 뒤,

부산서 온 조카 편질 읽다가
불현듯 눈시울이 뜨거워서
무심코 창문을 열고
헛기침을 하노라면,

호랑가시 열맬 쪼아먹던 멧새
후드득 기침 소리에 놀래 날고
小寒철 지낸 하늘이
미치게도 푸르다.

—한국일보 1972. 1. 11.

그 頂上에서

네가
그 頂上에서 소리치던 의미를
나는 알고 있다.
그리고 나 같은 여러 친구들의
약하고 선량한 가슴에 메아리치는 것을
너도 알고 있으리라.

라일락이
한창 흐드러지게 피고
더러는 꽃잎이 날리던 날에도
밀화부리가 다듬은 목청으로
백금빛 신록에 묻혀
오월을 구가하던 날에도

너는 끝내
그 頂上에 서서
소리쳐 우리를 부르고 있었지……
그것이 언젠가는

초라했던 역사의 증언으로
잊을 수 없는 날이 오겠지……

라일락이 영영 저버리고
뒤이어 철쭉이 저버리고
비췻빛 오월도 가버리고
밀화부리도 소릴 데불고
둥주리에 알을 품고
자취를 거두는 날에도

날이면 날마다 찾아오는 친구여!
노을이 식은 하늘은 어둠이 뒤덮고
때로는 눈보라 몰아쳐도
오월처럼 밝고 영특한 지혜로
거세게 창조되는 역사의 頂上에서
소리칠 네 목청을 잊지 않으리

―전북매일 1972. 5. 1.

영산홍

섧고 사무친 일이사
어제 오늘 비롯한 건 아니어

하늘에 솟구쳐 사는
청산에도 비구름은 덮이던 걸……

대바람 소리 들으면서
은발이랑 날리면서

어린 손줄 안고 서서
영산홍을 바라본다.

— 여성동아 1972. 8.

* 노트

광주 아들집에 갔던 길에 사직공원 동물원을 둘러 오다가 다리
목 꽃집에서 영산홍을 보고 다음날 한 그루 사가지고 왔다. 몇해를
두고 벼르던 영산홍을 뜰에 심어놓고 보니 운치가 한결 새로웠다.
조석으로 어린 손주딸 '영란'이를 안고 영산홍을 굽어보는 게 한동
안 내 유일한 낙이었다. 어지러운 세상 일이사 까마득 가슴 깊이 간
직해두고…… — 저자.

서글픈 이야기
喪失記

개구리 울던 봄이 없다
비가 올라치면 청개구리도 울었는데……

공기가 안 보이는
저 깊은 산골에서나 울겠지……

　자넨 요즘
　푸른 벌판을 날던
　해오릴 본 적이 있나?

　까막까치도
　자췰 감추었는데
　무슨 해오릴 찾는 잠꼬대는?

성근 버들을 찾아드는
밀화부리 노래라도 녹음해두자

언젠가는 휘파람새도 동박새도
영영 어디로 떠나버릴 거야

허지만
말잔등처럼 미끔한 산인데
어디 의지할 데나 있을리라구

여보게
오염된 서울선 제비도 외면한대
명매기*라도 달래 같이 살 궁릴 해야지……

—도정 1972. 6.

* 칼샛과의 한 가지. 여름 철새.

외출한 마음

외출한 지 오래도록
마음은 좀체 돌아오지 않습니다.

산수유꽃 안개에 서리듯
웃음 머금은 얼굴로
불러주십시오.

지금은 어느 강가에서
저녁노을에 서성거리고 있을는지요.

골을 흐르는 시냇물처럼
그렇게 잔잔한 목소리로
불러주십시오.

나만 남겨놓고 훌쩍 떠나버린
그 마음이 당신은 안쓰럽지 않습니까?

밀화부리 짝을 찾아
오월 하늘에 노래하듯
불러주십시오.

　태산목 짙은 꽃향기도 잊어버렸는지
　마음은 오늘도 돌아오지 않습니다.

어둔 밤을 울어대는
소쩍새의 애타는 목청으로
불러주십시오.

—나라사랑 1971. 7.

101

春 雪

눈길 사이
산은 자꾸만 멀리 가더니
눈붐배* 속에
산은 영영 숨어버리고

햇볕 따라
산은 가까이 걸어오더니
발돋움하고 서서
강나루 건너 봄을 부르고

부시시 꽃망울
눈뜨는 산수유 가지에
울던 박새
신발 소리에 놀래 난다

그래!
우리도 어서 떠나야지

까마득 잊고 살던 봄을 찾아

어서 우리도 떠나가야지……

――한국일보 1972. 3. 12.

* 눈발이 뒤엉켜 날리는 모습.

동박새 오던 날

보슬비가 나리고 있었다.
동박새가 새낄 데불고 찾아왔다.
가시버시에 딸린 다섯 마리 새끼가
퍽은 예쁘다.

백목련 가지에 모여 앉아서
오랜 동안 이야길 하고 있었다.
새끼들은 자꾸만 날갤 떨며
어리광을 일쑤 떨고 있었다.

가시버시 동박새는 가지에 매달려
벌렐 쪼아 가지고 와선
어리광 부리며 날갤 떨고 있는
새끼들의 주둥이에 번갈아 넣어주었다.

다시 낙우송으로 호랑가시로 옮아와서도
가시버시 동박새는 분주히 벌렐 잡아서

찌찌찌 찌 찌 찌 새낄 부르고 있었다.

동박새 새끼 같은 어린것들을 데불고
끼닐 설치던 아득한 옛날
우리 가시버시의 지쳐 겨운 얼굴이
문득 저 동박새 소리에 묻어왔다.

치켜보는
오월 하늘은 바다보다 짙푸르다.

— 시문학 1973. 9.

태산목 꽃 옆에서

태산목
자욱한 꽃향기 속에
나는 서 있다.

노고단 지나가던
구름을 묻혀오는
동박새 가지에 날아들고

찌찌찌 짝 부르는
한가한 이야기 듣다보면
시나브로 감겨온 연륜에 나도 지쳤어……

진초록 잎 사이로
몸살나도록 푸른 한숨이 흐르는데
하이얀 태산목 꽃잎에 겹쳐오는
널 생각하노라면

댓잎에 사운대는 아련한 바닷소리……

─ 여성중앙 1972. 8.

바다의 서정

그토록 억센 네 포옹 속에
내 남루한 인생은
차마 맡길 수가 없고나
바다여!

  삐우 삐우
  갈매긴 바다를 울고……

더구나
그 억척스러운 네 입맞춤을
어찌 하란 말이냐
바다여!

  내 식어가는 가슴엔
  노을이 타고……

어디서 대바람에 실려오는
아득한 종소리……

—주부생활 1972. 8.

학두루미와 더불어

설령
진흙밭에 발을 붙이고
그토록 시달리는 속에
있을지언정

마음이사
저 학두루미와 더불어
하늘을 날게 할 일이요

푸르른
하늘이 묻었을
부리로 하여 노래하게 하고

한라산
넘어오는 흰 구름도 묻었을
나래로 하여 춤추게 하고

한때
대낮을 잃었다손 치더라도
항상 저 학두루미와 더불어
숨쉬게 할 일이요

참다 참다 지친
오는 날이 멀다 하여
통곡을 가슴에 삼키고 산다 하여
학두루미의 목청을 잊겠느냐?

학두루미와 더불어
노래할 날이
오고 있는 것을 아예 잊지 말라

—鄕土 1972. 7.

꽃치자

칠월달
초록 물결 속에

하얗게
터지는 꽃치자

꽃치자
하이얀 향내

그 향내
번져가는 하늘을

시방도 그 소년은
한 알의 보리알로 보고 있을까?

— 한국일보 1972. 7. 26.

惡 寒

어둔
벌판에서는
늑대떼가 울고 있었다.

대화도 앗아간 가슴에
채곡채곡 쌓이는
잃어버린 새벽의 찌꺼길 안고
무딜 대로 무딘 혓바닥을 깨물면서
우리들은
역시 어둔 벌판에서 불어대는
잔인한 늑대떼의
잔인한 울음소릴
듣고 있었다.

사뭇
하늘이 누렇게 고여드는
눈망울 저 속 깊이
아직은 파랗게 남은

한 조각 하늘을 데불고
肥滿한 어둠에 몰려간
싸늘하게 식어가는 대낮을
아아 그 눈망울만은
말할 수 있는 자유가 있다.

허덕이면서
거꾸러지면서
되쳐 일어나면서
屍體 된 대낮의 엉뚱하게 높은
그 언덕을 넘어가면서
으시시 오는 오한을
우린 자랑하면서 살아도 좋다.

그러기에
한번도 외롭다고 말한 적이 없다.

—문학사상 1972. 10.(창간호)

가까이 오고 있는 날

가까이 오고 있는 날이 있다.
모두들 기다리던 날이 있다.

그날
널 만나면
뜨거운 손목을 덥석 붙잡겠지.

아니
어찌할 길 없어
아스러지게 얼싸안겠지.

끝내는 얼싸안은 채
주체할 수 없는
뜨거운 뜨거운 눈물을
펑펑 흘리겠지.

떠나던 그날

그 몹쓸 날,
시무룩하던 네 얼굴이
문득 떠오른다.

이토록
가로막은 강물은
오늘도 도도히 흐르고……

— 월간문학 1972. 10.

가슴은 항상 햇빛을 동반하고

전북대학신문 지령 400호에 부쳐

우리들의
빛나는 꿈과 생시를 다스리며
숨가쁜 속에서도
하늘을 우러러 멀리
눈망울을 돌리는 뜻은
거역할 수 없는 역사의
트인 교훈을 배우는 까닭이어늘

거센 바람일랑
귓전으로 스쳐가는
조그마한 잠꼬대로 돌리고
차갑게 빛나는 우리 지성으로
운행하는 뭇 생명과 같이
숨쉬는 자랑을 잊지 말 일이다.

벅차는 젊음이사
멎지 않는 피와 더불어

우릴 가로막는
타협할 수 없는 치사한 일상을
멀찌막이 밀어두고
외롭지 않게 가꾸는 신념으로
오는 날의 영접을 마련해야지……

――하여
성장하는
우리 눈부신 지혜로
가슴은 항상 햇빛을 동반하고
코끼리처럼
뚜벅뚜벅 걸어가리로다.

――전북대학신문 1972. 10. 6.

旅 愁

산 밖에 산이 있고
산 밖에 또 산이 있고
산이 있고
산이
있고

오순도순
모여 사는
산을 바라보는
언덕길에

머언 산보다
짙푸른 용담꽃이
무더기로 피어 있었다
단풍이 한창 제철이라는
강원도 딸네집 나들이 길이
난 불현듯 떠나고 싶었다

떠나서

오면 여수에

묻히고 싶었다.

─서울신문 1972. 10. 21.

閑 吟

간밤엔
파초잎 밟고 가는
후두둑
굵은 빗소리
먼 고향 국화 내음
묻혀 오더니

개인 하늘
쨍— 금이 갈 듯
시나대 이파리에 부서지는
부신 햇볕 아래
잉잉 '꽃등에' 나래에도
흔들리는 국화꽃 그리매.

무심코
여윈 볼을 만지던
정맥이 두드러진 손

물끄러미 바라보노라니
어디메 深山인 듯 들려오는
백문조 소리……

문득
만첩청산을
생각하다.
　"여보!
　우리 금혼식 나들일랑
　저 금강산으로 정해둡시다"

　　　　　　　　　　　—동아일보 1972. 11. 2.

登 高

물소리 뒤로 두고
오르는 산길에
골마다 타오르는,
숨막히게 타오르는 단풍.

용담꽃 시리도록
파랗게 피어난 길섶을
蕭蕭한 산바람,
산바람에 멧새 소리
찌 찌 찌 묻어오고.

얼마를 오르다 보면
활짝 트인 골 건너
봉우리 서로 부르는 소리,
서로 부르며 손짓하는 소리.

선 채로 하얗게 髑髏된

앙상한 전나무 가질
구름이 스쳐가고
시나대 뒤덮인 언덕을 넘어
비탈을 돌아가면,

아스라히 솟아오르는
하이얀 初雪 갓 덮인 정상
용담꽃 빛으로 부신 정상을
나는 시방 오르고 있다.

— 월간 山 1973. 1.

거문고 소리 들으며

거문고 소리
듣고 있노라니
문득 떠오르는
산너머 竹林이 있어

靑藜杖도 없이
가쁜 숨결 달래며
竹林을 찾아 갔더니
"山濤"도

"嵇康"도
만날 길이 없고*

바람이
사운대는 댓이파리에
마냥 쏟아지는 햇빛이
부서지고 있었다.

나는 다시

거문고 소리 따라

호반새 우는

강언덕 길을 거닐며

찰삭이는 물소릴 듣고 있었다.

—신동아 1973. 1.

* 산도(山濤)와 혜강(嵇康)은 중국 위진시대 죽림칠현의 일원들.

그 눈망울 찾아

어린 눈망울에 들어오던
그 아름다운 모든 것
인젠 다 잃어버렸지만

산자락 타고 오던
솔바람 소리
솔바람에 묻어오던
멧새 소리 생각하고,

꽃등에 오가는 속에
무더기로 타던 국화꽃
흔들리던 그 향냄
내 홀로 생각하다

까마득 잃어버린
그 눈망울 찾아
노을 비낀 언덕에 섰다.

— 모란 1973. 12.

蘭이랑 살다 보면

蘭이랑 살다 보면,
오래 살다 보면
정이 들어서
햇볕 드는 날에는
마루에 같이 나앉아
산자락 스쳐가는
구름도 바라보고.

구름에 펄럭이는
산자락 바라보며
조용조용 이야길 나누다가
솔바람에 실려오는
파도소리 들려오면
男唱지름 한 가락
시원히 뽑아도 보고.

— 自由公論 1973. 1.

祈 願

마지막
晩鍾에 실려
총총히 떠나는
소란한 시간들.

소란한 시간 속에
우리 주소를 둔
이 외로운 별에도
오래 지녀오던 꿈과 생시는
동백꽃 망울로 머물게 하고.

으스러지게 껴안아볼
나날을 불러
다시 태초로 돌아간 마음으로
노래할 낮과 밤을 궁리함은
거룩한 우리들의 지혜이거늘

이윽고
이 외로운 별에도
꽃그늘 흔들리고
멧새도 알을 품는 날에는

학두루미로 하여
하늘 높이 날게 하고
아름다운 별에 사는
자랑스럽고 빛나는 이야길
오래오래 전하리라.

—주간조선 1973. 1. 1.

내 노래하고 싶은 것은

피 묻은 발자욱이사
새삼 돌아볼 겨를도 없다.
아아라한 만첩청산을
만첩청산을 굽이돌아
철 철 철 흘러가는
저 푸른 강물을 보리로다.

가슴 깊이 간직해 둔
눈물겨웠던 이별 또한
구름과 더불어 왕래하는
구김살 없는 저 학두루미의
학두루미의 노래에 부쳐
하늘 멀리 보내도 좋으리라.

다만 오는 날을 위하여
벅찬 설계를 가다듬어야 하거늘
오염된 문명을 믿을 수는 없다.

그 문명 속에 허덕일 수도 없다.
소슬한 솔바람 소리로
상처 입은 마음을 달래리라.

별들의 참한 이야기
잇따라 들려오고
꽃그늘에 오고 가는
너그러운 햇살이 지키는 속에
내 노래하고 싶은 것은
우리 부신 꿈과 생시뿐이로다.

—전북일보 1973. 1. 1.

종소리

종소리 들으며
눈물겨워하던
除夜는 가고
청춘도 가고

별들의 이야기에
귀를 기울이면
銀髮에 젖어드는
아득한 종소리……

덧없이 누웠다
고쳐 앉노라니
책상머리 난초는
혼자서 졸고 있다.

— 한국일보 1973. 1. 5.

수선화가 피더니

「의사 지바고」를 보던 날

눈은
천지를 뒤덮었다.
긴 긴 겨울이었다.
새소리도 들려오지 않았다.

희부연 밤을
승냥이떼가 울고 있었다.
긴 긴 겨울밤을 울고 있었다.

눈에 갇혀
긴 긴 밤에 갇혀
승냥이떼의 울음에 갇혀
한동안 잊고 살던 세월이었는데,

그 어느날
눈 언덕 아래
돋아 오르는 싹이 보이더니

파아란 싹이 역력히 보이더니,

삽시간에
눈은 간데없고
누우런 수선화가 피더니
무더기로 피어 그 벌판을 덮더니,

끝내
수선화는
네 얼굴보다 커다랗게
달려오고 있었다.

그렇게
봄은 오는 것이었다.

—풀과별 1973. 4.

新抒情歌

靑梅 봉오리 부푸는
가랑비 개이고 보면

거문고 소리 멈춘 영창에
휘영청 밝은 달빛 따라
매화 성근 가지 흔들리리
밀려오는 스산한 바람결에
더러는 시나대도 흔들리리.

산자락 싸고 도는
보슬비 개이고 보면

청산 깊은 골을
멧새 짝을 찾아들고
진달래 스스럽다 낯을 붉히리
비둘기도 부신 햇살에 젖어
구 구 구 깃을 다듬으리.

겨우내 빈 가슴 적시는
이슬비 개이고 보면

에라! 나도 산에나 묻혀
진달래처럼 스스러워도 보고
가버린 널 목놓아 불러도 보리
부르다 까마아득 지칠라치면
난 몰라…… 나는 몰라……

— 약진전북 1973. 2.

전라도 찬가

저 뻗어내린 蘆嶺의
푸르른 산줄길 따라가게나
따라가다 우뚝 솟아오른
전라도 지리산을 지낼 양이면
섬진강 굽이굽이 돌아가는
남원 땅 광한루 오작교도 들르게

청사초롱에 불 밝혀
日月을 두고 맹세하던
아기자기한 춘향의 사연이사
오작교 아랠 흘러가는
은하 푸른 물에 실려
줄기줄기 묻어오리

돌아보면 금만경 아득한 벌판
몽글고 기름진 땅 꿈인들 잊으리요
동진강 젖줄처럼 흐르는 벌은
눈이 모자라 끝간 델 모를레

격양가 높은 가락으로
복된 땅 길이 이어가리

녹두장군 큰소리 치던
황토재 넘노라니
內藏에 타는 단풍 노을에 붉다
무등산 끼고 도는
영산강도 굽이 흘러
다도해 푸른 물에 실려 가누나

남해 거센 물결은
이순신 장군의 넋이로고
구름 밖엔 월출산도 높아
휘영청 달 밝은 밤을
강강수월래 홍거운 가락
이슥하도록 달무리 돈다

—한국의 여행 1973. 2.

우리 꿈과 생시는

우리들의 꿈이사
저 하늘 위의
하늘이라

뉘 있어
추한 손길로
감히 범하리오

눈망울은
날로
별빛을 닮아가거늘

길러온 지성은
항상 새로운 역사의
등불로 밝히고

우리들의 꿈과 생시는

곤곤히 흘러가는
강물에 실려

遍滿하는
질서와 동반하고
萬象의 섭리와 같이 있는 한

혹시
어둔 구름이 있어
햇빛을 차단할지라도

우리 꿈과 생시는
뜨거운 가슴에 설정한
밝은 길을 잊지 말 일이다

—동국문학 1973. 6.

春 愁

자운자운
흐르는 강물

태양이 쏘아대는
금촉 화살 부신 날

문득 바라보는
머언 산자락

서로 어울려
접어든 골 사일

꽃가루 흩날리듯
보오얗게 사운대는 이내〔山風〕

영산홍 핀 뜰에
드는 바람도

영산홍 물이 들어
다녀 나가면

불현듯 가슴에
젖어드는 시름 있어

차라리 깊은 산
꽃사태에 묻히고 싶다.

— 월간중앙 1973. 4.

靑梅 옆에 서서

갓 피어
지치도록 포름한
한 송이의 저 靑梅를 생각하자.

겨우내 어둔 나날
눈보라 속에서
웅숭그리고 살았느니라.

성근 가지에 매달려
가까스로 숨을 가누며
참고 견디던 청매를 생각하자.

저토록 가녀린 청매는
초롱초롱한 별빛을 머금고
새는 날 아침을 기다렸느니라.

구름 사일 뚫고 나오는

한 줄기 햇빛에 가슴을 묻고
흐드러지게 웃는 희열을 생각하자.

자운자운 강물이 흐르고
산에는 이내 서걱이는
그런 봄을 실컷 웃고 있느니라.

오래 간직한 이야길
터뜨리는 그런 심사로
이내처럼 향내 품는 숨소릴 듣자.

청매 옆에 서서
우리도 오는 봄을 궁리하며
입술을 깨물며 참고 견디느니라.

— 전북대학 신문 1973. 3. 2.

꽃사태

진달래
꽃사태에
온통 묻힌 산일레.

응달에도
양지에도
온통 진달래 꽃사탤레.

멧새
하이얀 볼에도
흐드러진 진달래 꽃물이 들어,

어둡고
미운 것
영영 꽃사태에 묻혔나베.

꽃사태 등진

착한 사람의 어둔 얼굴도
씻은 듯 영영 잊어버리고,

골 누벼
흐르는 물소리에 잊었나베
솔바람 소리에 까마득 잊었나베.

어디서
후련한
육자배기나 한 가락 들려왔으면……

— 世代 1973. 5.

서향 내음이사

창 열자
달려드는

서향 내음
선뜻 쓰러질 듯하이

아무리
흩어진 마음이로서니

총칼 속에도
되돌아오는 하늘인데

서향 내음이사
못 가누겠나?

어무찬 나날에
숨은 가빠도……

—전북문학 1973. 5.

나비처럼

나비도
청산 넘는
훨 훨 훨
청산 넘는 봄이사
남루에 시달려
갈가리 찢긴 언저릴
스쳐가는 바람결이여

너희끼리 모여서
주고받는 이야긴
松籟에 몰려
뽀얗게 흩날리는,
산자락에 흩날리는
송화가루에
묻어두고.

어쩌면

올 것도 같은
어쩌면
꼬옥 올 것만 같은
네 발자욱 소리
그렇게 아득한 것을
귀담아 보는 날.

어둠에
시달린
그 안쓰러운 것들
눈여겨
두었다가
훨 훨 훨 청산 넘는
나비처럼 살리라.

—한양 1973. 4.

黎明羽調

청산 푸른 자락엔
이내 서걱이는 소리,
하늘 밖에 젓대소리 흘리며
훨 훨 훨 날아가는
학두루미를 보았으리.

흐린 마음 지친 자릴
조촐히 닦아낸 다음
부신 햇살 조용히 불러
깃 다듬는 저 어린 비둘길
길러도 보았으리.

꽃사태 흐드러진 날을
어둠이 도사리고 있는
그 어느 외로운 구석에서도
아예 흔들릴 수 없는
우리들의 마음을 보았으리.

흙구렁에 몸을 담아도
항상 하늘로 치솟는 마음
굽힐 수 없는 오롯한 방향으로
갈고 닦아 세운 뜻을
그대들은 잊지 않으리

떨어져가는 꽃이파리에
묻혀버리는 여윈 시간에도
갈가리 찢긴 역사가 가르치는
아프고도 성스러운 生長을
한번도 잊은 적은 없으리

다시 높이 나는 학두루밀
바라보는 마음으로
학두루미의 피리젓대 소릴
듣는 마음으로 귀를 세워
밝아오는 발자욱 소릴 들으리.

—시문학 1974. 4.

오월이었느니라

하늘로 솟구치는
노고지리 은은한 가락
천지에 퍼지는
오월이었느니라.

제빌 거느린
하늬바람에 겨워
철쭉꽃 뚜욱 뚝 떨어지는
오월이었느니라.

빠알간 모란이
무더기로 피어나고
어린 벌 잉잉거리는
오월이었느니라.

기인 긴 겨울을
견디고 살아오던 의지

드높이 솟구치던
오월이었느니라.

생각하자
우리들의 빛나는 설계를!
건설로 아로새길
오월이었느니라.

그리하여
저 정정한 나무와 더불어
굽힐 줄 모르고 살아갈
오월이었느니라.

　　　　　　　　　　　　　—전북매일신문 1973. 5. 1.

모 란

모란이 웃는
눈언저릴 보는 것은
즐거운 일이다.

모란이 웃는
입언저릴 보는 것은
즐거운 일이다.

모란이 웃는
흐드러진 웃음소릴 듣는 것은
즐거운 일이다.

모란이 웃는
참한 얼굴 속에
아무리 찾아도 난 없었다.

—새교육 1973. 6.

유월의 노래

감았다 다시 떠보는
맑은 눈망울로
저 짙푸른 유월 하늘을
바라보자.

유월 하늘 아래
줄기줄기 뻗어나간
청산 푸른 자락도
다시 한번 바라보자.

청산 푸른 줄기
골 누벼 흘러가는
거웁도록 잔조로운 물소릴
들어보자.

물소리에 묻어오는 하늬바람이랑
하늬바람에 실려오는

저 호반새 소리랑
들어보자.

유월은 좋더라, 푸르러 좋더라.
가슴을 열어주어 좋더라
물소리 새소리에 묻혀 살으리
이대로 유월을 한 백년 더 살으리.

— 백인문학 1973. 여름

서귀포에서

눈결 같은 세월 속에
만나서 오십년이
훌쩍 지났구려!

파도소릴 원앙침 삼아
나란히 베고 누웠노라니
창자에 젖어드는 달빛,
달빛에도 파도소리 묻어들고

멍들었던 나날과
무너진 시간들이
서귀포까지 따라와선
사뭇 칭얼대지만,

아내여
이 밤이사 깡그리 잊어버리고
귤꽃 향내에 묻혀
파도소리로 새운들 어떠하리

—한국일보 1973. 5. 29.

제주도 철쭉

푸르다 지친 하늘
한라산에 걸리고,
꽃도곤 고운 신록
골에 수런댄다.

영롱한 제주도 철쭉꽃
선뜻 눈에 들어와
진정 눈물겨웁도록
아름다워라.

송아지 젖에 매단 채
어미소 풀을 뜯는 벌판
눈이 모자라도록
초록은 끝간델 모를레.

길섶엔 꿩도 기고
호반새 우는 산길

여보! 철쭉이 질 때까지나
예서 살다 갑시다.

— 시문학 1974. 1.

제주도 바다

어딜 가나 바다는
우릴 따라오고 있었다.

들을 거닐 때에도
산을 오를 때에도
바다는 끝내 따라오고 있었다.

하늬바람이랑 데불고
따라오는가 했더니
휘파람새 소리도 데불고
따라오고 있었다.

밀감꽃 향내 물씬 나는
언덕을 거닐다 돌아봐도
바다는 허둥지둥 따라오고 있었다.

뭍과 멀리 떨어져 살기에

이토록 우릴 따라오는 바달
돌아갈 땐 꼬옥 데불고 갑시다.

— 시문학 1973. 8.

천지에 메아리 칠 내일을

전북신문 창간에 부쳐

짙푸른 유월 하늘을 쏘아대는
백금빛 태양의 화살 속에
석류꽃 줄줄이 등불 밝히고
새로운 역사가 마련되는 빛나는 이 날.

네가 오는 길목에 麥浪이 흔들리는데
찔레꽃 찔레꽃 무더기로 피어
푸르른 하늬바람이랑 불어오고
하늬바람에 네 목소리도 실려오고.

우리 모두 목을 늘여 기다리던
그 맑고 바르고 굳센 목소리 있어
우리 모두의 가슴을 열어줄
애타게 기다리던 목소리 있어

석류꽃 줄등으로 밝히듯
쏘아대는 태양의 백금빛 화살이듯
아쉽고 허전한 우리 가슴을 가름하여

밝혀줄 네 목소리 믿고 살리라.

설령 바람이 거센 날이 올지언정
설령 파도가 높은 날이 올지언정
네가 출범하는 이 빛나는 유월을
합장하여 비는 우리들이 있거늘,

아예 한눈파는 겨를일랑 갖지 말라
너의 행로엔 오직 전진이 있을 뿐
어제는 우리의 것도 너의 것도 아니다
다만 오늘과 내일이 있을 뿐이로다.

끝내
굳세고 바르고 참한 목청으로
아아 천지에 메아리 칠 내일을
내일의 네 목청을 우리는 비느니라.

—전북신문 1973. 6. 1.

저 푸른 언덕에 앉아서

오늘은
저 푸른 언덕에 앉아서
숱하게 피고 지던 꽃을 데불고
총총히 떠나버린
봄을 이야기할 일이요,
봄이 남기고 간
저 풋풋한 열매가 궁리하는
성숙을 생각할 일이다.

오늘은
저 푸른 언덕에 앉아서
건강하게 성장하는 지혜를,
그 빛나야 할 우리들의 지혜를
곱게 다스릴 일이요,
이윽고 열매할 가을의
아스라한 발자취 소릴
귀담아 들을 일이다.

가까이 오렴!
오늘은 저 숲 너머
팔월달 부푼 바다의 짙푸른 가슴에
우리들의 부푼 꿈도
맡길 일이요,
하늬바람이랑 데불고 노을에 타는
우리 뜨거운 가슴을
서로 만져볼 일이다.

—학생중앙 1973. 8.

송 가
전북대학교 개교 21주년에 부치는

맥랑에 실려오는
저 초록빛 파도소릴 듣자

우리 뜨거운 가슴을 넘쳐 흐르는
벅찬 꿈으로 부신 유월을 보자

녹슬지 않은 의지와 지혜로
숱한 나날을 살아야 하느니

무더기로 피어난 찔레꽃 향기에
실려오는 노고지리 맑은 가락은

바로 우리 젊음을 가름하여
불러주는 노래로 들어도 좋다

겪어온 겨울의 어둡던 가슴이사
석류꽃 줄등으로 밝혀두고

설사 초라한 계단에 섰을지언정
역사는 창조로 궁리하는 우리 편이다

내일을 약속하는 겨레의 앞장에
우리 학문도 등불로 밝히는 날

유월에 처음 열던 그 마음으로
유월에 처음 배운 그 마음으로

우리 비상을 가로막는 구름을 물리치고
부신 햇살에 다시 한번 젖어보자

— 전북대학신문 1973. 6. 8.

頌壽詞
鷺山詞伯 古稀에 드리는

지치도록 푸른 하늘 가슴에 지니시고
우러러 한평생을 나라 위해 바치시니
곤곤히 흐르는 줄기 그칠 날이 있으리까.

가고파 가고파라 부르던 그 노래도
이 나라 이 겨레의 가슴에 스몄거늘
베푸신 임의 높은 뜻 길이 새겨 퍼지리다.

— 노산 고희문집 1973. 8.

우리 이야기는

素心蘭을
바라보다가

문득
파초 너머
기린봉을 바라보다가

기린봉 너머
구름을 바라보다가

구름 밖
하늘을 바라보는 눈으로

아아 그런 눈으로
꼬옥 그런 눈으로

우리 이야긴
서로 주고받아야지……

— 신여원 1973. 9.

어느날

오월부터 피더니
유월에도 피더니
칠월까지 사뭇 피던
태산목꽃을 생각하다가

이어 白蓮이
소담하게 벙그러
어지럽도록 아름답던
그날을 생각하다가

천지에
향기만 남겨두고
이젠 어느 구름 밖에나 있을
그 꽃들을 생각하다가

불현듯
겨울 노랠 부르던

너의 가슴을 생각하다가
그 뜨거운 가슴을 눈감고 생각하다가,

여윈
시냇물에 실려오는
철그른 밀화부리 소리에
또 하루 햇 지운다.

— 한국문학 1973. 10.

백련과 단 둘이서

백련꽃
이파리에
사운대던
바람도 가고
멀리 떠나가고

천지엔
온통
백련꽃
향기로
가득 차더니

이승도
저승도 아닌
세월을
엄청난 고요가
바다처럼 밀려와

칠월 한낮
죽음보다 조용한
하늘 아래
백련과 단 둘이서
이야길 하느니

— 월간문학 1973. 9.

석 류

빨간 화촉으로
신방을 꾸미더니,

오래
입덧으로 고생을 한다더니,

요즘엔
아무나 보아도
滿朔한 볼을 붉힌다.

부끄러운 기색이
더 예쁘다.

시월 상달만 되면
가슴을 풀어 헤치고
몸을 풀겠지……

— 독서신문 1973. 9. 23.

시월 상달도 가까와오고 있다. 그 빨간 꽃으로 화촉 신방을 꾸
미던 게 바로 엊그제 같은데, 무더위 속에 무던히 고생도 했으리
라. 구월에 접어들면서 껍질이 꽤 빨갛게 익어간다. 결실과 탄생
이 우리 인생과 다를 배 없다. 이리하여 삼라만상의 질서는 영원
히 이어가나보다. ──저자

산자락 타고

정상.

폭삭한 시로미 밭에 앉으면
이토록 상쾌한 피로.

발 아랠
스쳐가는 구름.

구름 사이 사이
봉우린 고갤 갸웃거리고,

어느 사이
산협엔
구름이 몰고 간
빗발이 자욱하다.

숲 짙어 어둔 골엔
벌써 짙푸르게 벙그는

山紫陽花 한두 송이.

구름송이
빨간 돌길을 헤쳐
산자락 타고 내려가다가

밀려오는 솔바람
파도 속에
멈춰 서면

문득
떠오르는 세석평전,

세석평전에
사태 난 철쭉꽃,
철쭉꽃이 달려든다.

— 월간 山 1973. 10.

지상의 천사

아가야
네 눈망울은
파아란 하늘이 내려앉은 호수

그 호수에는
햇볕이 쏟아지고
바람이 다녀가고
별들이 잠겨든다.

아가야
네 입술은
웃음 머금은 예쁜 꽃봉오리.

그 꽃봉오리엔
꿀벌이 잉잉거리고
노오란 나비들이
떼지어 날아든다.

아가야
넌 지상의 천사
한번 흐드러지게 웃어보렴!

그 웃음 속엔
착하고 빛나는
온갖 슬기 지녔고나
너를 배우며 우린 살리라.

— 유아발달 1973. 10.

외로운 그림자

스산한 비가
다녀가더니,

해만 설핏하면
풀버레 소리
뜰이 흔들린다.

숲 사일
황혼이 다녀간 뒤
낙우송 엷은 잎새 너머
물 머금은 별빛 내리는 속을
수묵빛 맥문동
한결 맑아라.

시나대숲에 드는
바람결에 묻어오는
풀내음에 묻혀 이렇게 살다가

언젠가는 떠나야 할
말없이 떠나가야 할
내 외로운 그림자를 생각한다.

나무도
바람도
별도 두고
너마저 남겨두고
언젠가는 이 지구에서 거두어야 할
내 외로운 그림자를 생각한다.

— 풀과별 1973. 11.

마음은 연꽃으로 밝히고
창간 17주년에 붙임

대자대비하신
당신의 마음은
우러러 받드는
우리들의 하늘.

그 너그러운
손길 또한
마음에 지닌
우리들의 태양.

때로 雲霧 있어
마음자릴 덮을지언정
한낱 스쳐가는
바람결이요.

설사 비바람이
우리 소망을 가로막을지언정

한 자락 티끌에
지나지 않거늘

色은 空이요
空 또한 色이어니
億却을 이어온
우리 인연이사

청정무구하게
마음을 닦아
한 송이 연꽃으로
밝힌 다음

당신의 지혜를 받아
당신의 자비를 받아
無明이 없이
두루 비치리니

임께서 부르시는 길
이토록 밝도소이다.
임께서 이끄시는 길
이토록 거룩하오이다.

— 원대신문 1973. 10. 5.

이끼 앉은 역사 속에

돌아보면
아득한 옛날

상채기 난 자국마다
그렇게도 불행하던
겨레의 얼굴이 새겨 있고,

이끼 앉은 역사 속에
상기도
들려오는
고된 나날의 숨결이여!

헐떡이며
주저앉으며
쓰러지면서도
숨을 가누던 조상들의 옛 모습.

빛나야 할
오는 날을 잉태한
그 무거운 몸짓으로
우리에게 물려준 날을
잊지 말라.

비둘기가
깃을 다듬고
황금빛 은행이파리가
우리들의 머리칼에 매달리는
이 즐거운 날에도,

아아
이끼 앉은 역사 속에
자라온 우리들의 꿈과 생시를
잊지 말라.

— 하여
너와 나의 성한 핏줄이
이 아름다운 산하에
강물처럼
강물처럼
철 철 철 흘러가게 하라.

—기전 1973. 12.

고향에 가서

막혔던 사연이사
산도곤
높았지만,

그저
만나서
손잡고 웃었지……

銀髮을
날리면서
산엘 오르자니,

바위서리
마삭줄
발갛게 단풍 들고

멀리 둘러 간

노령산맥 푸른 줄길
무심코 바라보다가

갑자기
어머님 생각이 났다.

— 월간중앙 1974. 1.

開岩寺에서

구기자와
복분자를 곁들여 담겄다는
술맛이 유달리 향기로웠다.

대웅전
추녀 끝에선
자꾸만 풍경이 울고

이글이글
타는 단풍가지에
동박새 떼지어 앉아 울더니

잔이
오가는 사이
어디론가 자췰 감추고,

산수유 열매만
한결 붉게 빛났다.

—신동아 1974. 2.

고향엘 갔더니

고향엘
갔더니
아름드리 은행나문 베어내고,

언덕을
돌아가면
바다가 달려오며 울고 있었다.

꿩이
자주 나는 산길에
가을비 촐촐히 나리는 속을

빨간
먹시감을 따는 아낙네.

문득
아내 생각이 나서

먹시감 두 접을 사서

차에 실었다.

── 새교육 1973. 12.

뜨락에서

남천촉
산호빛 열맬
햇볕이 비껴가더니

木瓜만한
은빛 낮달이
태산목에
걸렸다.

으시시
달려온 추위
해가 져도 풀버레 입을 다물고,

국화만
뽀오야니
뜰을 밝힌다.

불현듯

달려드는

외로움이

칩다.

— 서울신문 1974. 11. 17.

산엘 가서

언덕을 넘어오는
파도소릴 들어도

멧새 떼지어
비취빛 하늘에 사라질 때에도

저렇게 별들이
무더기로 쏟아질 때에도

대숲에 머물다 가는
소슬한 바람소릴 들을 때에도

눈 머금은 구름이
푸른 산자락을 감돌 때에도

나는 잊을 수 없다
한시도 산을 잊을 수 없다

시방 골짜기엔
물소리 잦은 속을 낙엽이 쌓이고

낙엽을 밟고 가면
구 구 구 산비둘기 울겠지.

소소한 落木에
흰 눈이 펄펄 날리는 날,

산엘 가서
그 너그러운 품에 안기리.

그 품에 안겨
이 가쁜 숨결 묻어보리.

―월간 山 1974. 1.

焚香

시나대숲에 드는 바람
기척없이 머물다 떠나는 소리.

스산한 겨울밤이
조용히 흔들린다.

어디메쯤 차가운 달은 기우는지
영창에 성근 가지 어른거리고.

타오르는 향불이
사향 내음샐 데불고 온다

아득한 옛날 어머님 장롱 속에
간직하던 그 사향 내음새가 나는데,

펴든 책 던져두고
향불에 실려오는 풍경소릴 듣는다.

—世代 1974. 1.

자연과 역사를 아우른 투명한 서정의 세계

허소라

1

　금년은 석정 시인이 태어난 지 꼭 100주년이 되는 해로, 시인이 생전에 아끼던 출판사 창비에서 때맞춰 유고시집이 간행되니 매우 뜻깊은 일이라 아니할 수 없다. 이 유고시집은 고인이 제5시집 『대바람 소리』(1970)를 상재한 이후, 서두작 「입춘」(1971. 1 『전북문학』)에서 말미작 「분향」(1973. 11. 24 탈고)에 이르기까지 3년여 동안 지상에 발표한 작품들로 이루어져 있다. 기억해야 할 것은 대부분의 유고집이 유족이나 후학들에 의해 만들어지는 데 반해 이 시집은 석정 스스로가 전 작품을 원고지에 정서하여, 시집 제목은 물론 심지어 차례까지 꼼꼼히 짜놓은, 문자 그대로의 육필유고시집에 해당한다는 것이다. 이 시집의 원고를 정리한 기간은 맨 마지막 작품인 「분향」을 탈고한 1973년 11월 24일에서 '전북문화상' 심사도중에 졸도한 1973년 12월 21

일까지의 약 한달여 동안이다.

시집의 원제는 '園丁의 說話'였으나 시대의 흐름에 시정신을 반영하고자 출판사와 유족측이 합의하여 '내 노래하고 싶은 것은'을 표제로 세웠다.

2

시인은 지난 1971년 4월에 간행된 앤솔로지 『밀림대』(전북문인협회)에 13편의 시를 수록하면서 「머리말」에 당시의 소회를 다음과 같이 피력한 바 있다.

여기 수록한 작품은 나의 제6시집에 수록할 작품 중에서 골라 선보이는 것들이다. (…)
생사에 지나친 관심을 버린 지 이미 오래고 보니 남은 여로가 다만 담담하기를 원할 뿐이요, 생사일여(生死 一如)의 견성(見性)의 경지에 도달하기를 바라는 것은 아니다. 오직 흐리지 않는 안청(眼晴)으로 대상을 볼 수 있고, 흐리지 않는 마음으로 시를 얻을 수 있다면 여생에 크게 괴롬이 없으리라 믿을 따름이다.

일찍이 노장 사상을 섭렵했던, 그러면서도 온갖 시대고를 한몸으로 끌어안았던 노 시인의 담담한 술회다. 특히

이무렵은 유신이 선포된 직후로, 이전부터 매 작품마다 기관의 감시가 심하던 터여서 영육간에 매우 지친 상태였다. 그 어렵던 시기에도 일본에서 간행되던 『한양(漢陽)』지에만은 줄기차게 발표하여 「나비처럼」(73. 6)이라는 작품까지 무려 21편을 게재하였다. 이후 『한양』지는 반체제로 낙인이 찍혀 74년 1월 긴급조치가 발동되면서 이른바 '문인간첩단' 사건으로 이호철, 김우종, 장백일, 임헌영 등의 기고자들이 구속되기에 이른다. 의당 석정도 표적이었으나 그때는 고령인데다 병상에서 생사를 넘나들던 터여서 그냥 넘어간 것으로 기억하고 있다.

돌이켜보면 반세기의 시력(詩歷) 중에서 석정의 서울생활은 불과 1년 남짓밖에 안된다. 석정이 박용철이 주간으로 있던 『시문학』 동인이 되어 문단활동을 시작하던 1930년대는 일제가 식민지 지배체제를 완성키 위한 강력한 문화정책에 의해 사회 각 부문에서 감당할 수 없는 붕괴현상과 피폐화가 잇따르던 시절이다. 이러한 시대적, 문단적 배경 속에서 출발한 석정 시문학은 30년대 시의 병폐의 하나이던 감상성을 극복하면서 시간의 회복을 기초로 한 이상향을 노래했다는 데에 큰 의의가 있다.

시인은 당시 순문예지 『문장(文章)』이 폐간되고 친일어용지 『국민문학』의 출현과 함께 일문(日文)으로 친일시를 써 보내라는 원고청탁서를 찢어던지고 8·15 광복을 기다리는 '대나무 정신'을 발휘하기도 하였다. 이후 민족적 비극인 한국전쟁과 4·19, 5·16 등 역사의 격동기에도 속세에 몸을 굽히지 않고 항시 그 수난과 시의 궤적을 함께 해왔음을 간과해서는 안될 것이다. 이는 석정 스스로 밝혔듯, 시인으로서의 궁극적인 사명을 '여러 사람'과 함께 뜨겁게 살려는 인간애에 근거를 두었기 때문이라 하겠다.

다만 석정이 일생을 거의 지방에서만 보냈고, 또 그 시력의 전·후기를 대표하는 『슬픈 목가』와 『산의 서곡』이 지방의 조그마한 출판사에서 불과 기백부의 한정판으로 출판되었기 때문에 한동안 문단적 야맹(夜盲)현상이 있었음은 부인할 수가 없다. 따라서 우리가 유의해야 할 것은 석정의 방대한 시력을 단순히 시집 중심으로, 즉 이제까지 공간된 마지막 시집인 『대바람 소리』(1970)에만 초점을 맞추어 다시금 초기로 되돌아갔다든가, 자기 체질로 귀환 정착했다든가 하는 단정은 온당치 않다. 석정시론의 대맥(大脈)이라 할 수 있는 「시정신과 참여(參與)의 방향」(『문학사상』 1972. 10)이 『대바람 소리』 이후에 씌어졌다. 그는 이 글에서 시정신이란 결국 사물의 배후에서 실상을 파악하는 파이척결(破羅剔抉)의 정신이고 보면 어찌 속정(俗情)에 몸을 굽혀 참여의 방향을 그릇되게 설정할 수 있느냐며 문학의 현실참여를 적극 지지하고 나섰다. 이어 예시(例詩)로 "어둔/벌판에서는/늑대떼가 울고 있었다."라는 시 「오한

(惡寒)」을 곁들여놓았다. 시인은 70년대의 엄혹한 시대상
황을 이 시를 통해, 같은 지면의 시론에 압축해놓으려 했음
이 틀림없다.

　　어둔
　　벌판에서는
　　늑대떼가 울고 있었다.

　　대화도 앗아간 가슴에
　　채곡채곡 쌓이는
　　잃어버린 새벽의 찌꺼길 안고
　　무딜 대로 무딘 헛바닥을 깨물면서
　　우리들은
　　역시 어둔 벌판에서 불어대는
　　잔인한 늑대떼의
　　잔인한 울음소릴
　　듣고 있었다.
　　(…)
　　허덕이면서
　　거꾸러지면서
　　되쳐 일어나면서
　　屍體 된 대낮의 엉뚱하게 높은

그 언덕을 넘어가면서
으시시 오는 오한을
우린 자랑하면서 살아도 좋다.

그러기에 한번도
외롭다고 말한 적이 없다.

—「오한(惡寒)」부분

이 시에서 중요한 것은 '늑대'의 정체다. '늑대'는 1941
년에 발표한 「소년을 위한 목가」 속의 한 줄 "우리 양들을
노리던 승냥이 떼도 가고" 속의 '승냥이' 또는 『슬픈 목가』
의 후기 중 "어린 양들을 모조리 승냥이 떼에게 아시고 말
았으니" 속의 '승냥이'와 동류로서, 자기를 에워싸고 있는
타기하고픈 시대적 상황을 지칭하는 것으로 볼 수 있다.
이 상황은 '싸늘한 대낮' '屍體 된 대낮'으로 다시 암유되
고 있다. 여기 생략된 3연, "사뭇 // 하늘이 누우렇게 고여
드는/눈망울"은 끝까지 함몰될 수 없는 자기 신념의 공간
으로서 어떠한 시련(惡寒) 속에서도 굽히지 않겠다는 의지
의 다짐이라 할 수 있다. 이 모두가 마지막 시집 『대바람
소리』 이후의 시론과 작품이라는 사실에 주목해야 한다.
그러므로 석정 연구는 『대바람 소리』 이후 1974년 7월 작
고 때까지 씌어진 150여 편과 지속적으로 써온 시론 등을

정독하지 않아서는 안된다.

　다음은 석정이 제6시집 간행을 염두에 두고 『밀림대』에
실었던 작품 중의 하나이다.

　　강물이 풀리걸랑
　　봄이라고 생각해도 좋다.
　　강물이 철렁 흘러도
　　봄은 아직 멀다고 생각해도 좋다.

　　그렇다고 地獄에 산다고
　　무서운 생각을 말라
　　極樂에 산다고
　　아예 엉뚱한 생각을 말라.

　　그러나 地獄 속에
　　極樂이 있는 것을 모르느냐
　　그리기에 極樂 속에
　　地獄이 있는 것도 알아야지……

　　봄과 봄 아닌 것이
　　같이 살 듯이
　　地獄과 極樂이

겹치고 겹치듯이

봄과 봄 아닌 속에서
봄을 살아야 하고
極樂과 地獄의 이웃에서
우린 살아야 한다.

——「極樂과 地獄 사이」전문

이 작품은 각 연이 4행씩 견고한 지주를 이루며 봄과 봄 아닌 것, 극락과 지옥의 대구로 구성되어 있다. 첫 연 "강물이 풀리걸랑/봄이라고 생각해도 좋다" 속의 봄은 문자그대로 일상적인 봄이다. 그러나 "강물이 철렁 흘러도/봄은 아직 멀다고 생각해도 좋다" 속의 봄은 앞의 봄과는 대조되는, 시적으로 변형된 봄이다. 시인은 바로 이 후자의 봄을 옹호하고 되찾기 위해 이 작품을 썼을 것이다. 2~3연에선 극락과 지옥의 거리를 밝히고 낙관주의와 비관주의를 동시에 경계하고 있다. 그것은 우리의 의지나 경험방식에 따라 지옥이 극락이 되고, 극락이 다시 지옥으로 역전될수도 있기 때문이다. 이러한 의지는 서정시의 주체자를 더욱 굳건히 내세우게 되며 결국 그 주체자는 극락 속에 있든 지옥 속에 있든, 흔들림 없이 스스로를 지켜나갈 수 있게 된다.

그리하여 봄 아닌 봄 속에서 봄을 살아가는 화자는 다음 작품에서, 어떻게 자신이 간구하는 봄이 오는가를 잘 보여 주고 있다.

　　눈은
　　천지를 뒤덮었다.
　　긴 긴 겨울이었다.
　　새소리도 들려오지 않았다.

　　희부연 밤을
　　승냥이떼가 울고 있었다.
　　긴 긴 겨울밤을 울고 있었다.

　　눈에 갇혀
　　긴 긴 밤에 갇혀
　　승냥이떼의 울음에 갇혀
　　한동안 잊고 살던 세월이었는데,

　　그 어느날
　　눈 언덕 아래
　　돋아 오르는 싹이 보이더니
　　파아란 싹이 역력히 보이더니,

삽시간에
눈은 간데없고
누우런 수선화가 피더니
무더기로 피어 그 벌판을 덮더니,

끝내
수선화는
네 얼굴보다 커다랗게
달려오고 있었다.

그렇게
봄은 오는 것이었다.

—「수선화가 피더니」 전문

    이 시도 앞의 「극락과 지옥 사이」와 같이 어두운 시대현
실에 대응하려는 전형적인 후기시의 모습을 보여주고 있
다. '눈' '긴 긴 겨울밤' '승냥이떼의 울음'이 포유하는 전
반부의 암담한 상황은, '돌아 오르는 싹' '수선화' '봄'으로
이어지는 성취의 공간 속에 슬며시 용해되어지고 만다. 따
라서 이 작품 속의 성취의 공간도 대부분의 석정시의 심저
부를 차지하고 있는 예정적(豫定的) 현실의 되풀이에 해당
한다. 이는 암울한 겨울이 가면 꽃피는 봄이 오는 자연의

순리를 원용한 것으로, 시인이 병석에 눕던 해(1973)에 씌어진 작품이라는 점에서 석정시의 결산을 『대바람 소리』까지로만 한정하려는 견해에 제동을 걸고 있다.

1973년 12월 고혈압으로 쓰러진 시인은 이듬해 7월까지만 7개월여의 투병생활 중에서도 구술 등으로 꾸준히 시작을 멈추지 않았다. 이때 마지막 병상에서 남긴 작품 중의 하나를 소개한다.

> 白木蓮 햇볕에 묻혀 눈이 부셔 못보겠다.
> 희다 지친 木蓮꽃에 비낀 4월 하늘이 더 푸르다.
> 이맘때면 친굴 불러 잔을 기울이던 꽃철인데
> 문병 왔다 돌아서는 친구 뒷모습 볼 때마다
> 가슴에 무더기로 떨어지는 白木蓮 낙화소리……
>
> ——「가슴에 지는 낙화소리」

목숨의 강 이편과 저편 사이의 고독이 짙게 새겨져 있다. 시인은 정원 항아리 흙탕물에서 '백련'이 올라오거나 방안의 '소심란'이 향을 토하기만 해도 가까운 친구와 제자들을 불러 술잔을 나누며 시와 인생을 이야기했다. 시인에게 있어 아름다움이나 기쁨이나 크고작은 행복들은 결코 혼자만으로 구성되지 않을뿐더러 또 의미도 없다. "이맘때면 친굴 불러"에서처럼 언제나 이웃과 더불어서 엮어진

다. 후기시의 경향도 바로 이런 데서 연유한다.

임종을 앞둔 순간 그는 고향에 온 것이다. 자연과 더불어 마지막 호흡을 하고 있다. 자연과 마주한 그 공간의 빛깔은 황혼이나 어둠이 아닌, 희다 지친 목련을 비껴간 푸른 하늘 속의 밝은색이다. 오늘따라 더 햇볕에 눈이 부시고 그 하늘이 푸르게 보이는 것은 단순한 풍경의 재현(再現, represent)이라기보다 임종을 앞둔 지순한 시심의 승화라 하겠다. 그러나 문병온 그들이 이승과 저승의 경계선을 그으며 돌아갈 때 그 희디흰 백목련도 무더기로 떨어지고 만다. 그들과 더불어 부둥켜안고 살고픈데 그들이 떠나는 것이다. 영원한 자연과 유한존재인 우리 인간의 이항대립이, 마지막 생명의 연소로 창조된 이 한 편 속에 여과되어 있다. 이윽고 시인의 육신은 1974년 7월 6일, 부조리한 현실과 더 맞서지 못하고 눈을 감음으로써 만 50년의 시력을 마감한다.

3

지금까지 단편적으로나마 70년대를 중심으로 한 석정의 시세계를 살펴보았다. 물론 마지막 시집 『대바람 소리』를 비롯하여 이 유고시집에 들어 있는 다수의 작품들은 한때 그가 섭렵했던 노장 철학과 당시(唐詩) 등을 그 배경으로 하고 있다. 그러나 이를 막연히 자연취향이나 아니면 초기 자연시에로의 회귀 운운하는 것은 적절치 않다. 그의 자연은 결코 역사와 생활을 외면한 자연이 아니다. 상황에 따라 변형되는 자연이다.

궁극적으로 석정시는 인간이 자연을 통해 보편적으로 소유하려는 낙원 지향의 자아와 일제 식민치하에서부터 다져온 시대양심의 구현체로서의 자아 사이의 갈등과 통합의 문법으로 이루어져 있음을 보여준다. 이는 궁극적으로 한국 시의 자연서정과 현실참여라는 이원적 경험을 온몸으로 흡수 통합하려 한 시도로, 한국시에 새로운 이정표를 제시한 시인이라는 점에서 재평가되어 마땅하다 하겠다.

許素羅 | 시인·군산대 명예교수

신석정 유고시집
내 노래하고 싶은 것은

초판 1쇄 발행/2007년 9월 14일
초판 2쇄 발행/2007년 10월 20일

지은이/신석정
펴낸이/고세현
책임편집/김정혜
펴낸곳/(주)창비
등록/1986년 8월 5일 제85호
주소/413-756 경기도 파주시 교하읍 문발리 513-11
전화/031-955-3333
팩시밀리/영업 031-955-3399 · 편집 031-955-3400
홈페이지/www.changbi.com
전자우편/literat@changbi.com

ⓒ 신광연 2007
ISBN 978-89-364-2718-4 03810